Virtuale Dominante

Collezione di dominazione erotica

Erika Sanders

ERIKA SANDERS

Virtuale Dominante

Erika Sanders
Serie
Collezione di dominazione erotica

Sinossi

Samantha è una grande programmatrice di computer il cui scopo è progettare un programma VR (Virtual Reality) con cui sottomettere e dominare i soggetti che lo usano.

Attraverso programmi di hacking, cerca di individuare giovani senza famiglia e che hanno tendenze sottomesse e bisessuali per testare la sua invenzione.

Per questo, individua tre compagni (Paul, Diana e Virginia) a cui affitta una stanza, ciascuno di loro, nella sua casa.

Virtuale Dominante è un romanzo con un forte contenuto BDSM erotico e, a sua volta, un nuovo romanzo appartenente alla collezione Erotic Domination, una serie di romanzi ad alto contenuto BDSM romantico ed erotico.

(Tutti i personaggi hanno 18 anni o più)

Nota sull'autrice:

Erika Sanders è una nota scrittrice internazionale, tradotta in più di venti lingue, che firma i suoi scritti più erotici, lontani dalla sua prosa abituale, con il suo nome da nubile.

Indice:

VIRTUALE DOMINANTE
ERIKA SANDERS

PRIMA PARTE

CAPITOLO 1

In una delle stanze al piano di sopra dell'appartata, tranquilla casa di mattoni di periferia, Samantha si guardò nello specchio della sua camera da letto.

Indossava una gonna corta, calzini lunghi, una canotta bianca e un reggiseno verde chiaro, ben visibile sotto la parte superiore che compensava perfettamente la sua morbida pelle marrone scuro.

I suoi lucenti capelli neri erano sciolti in ciocche e li lasciò oscillare liberamente.

Perfetto.

Aprì la porta della camera da letto e ascoltò dall'altra parte della casa.

Gli unici rumori provenivano dal soggiorno, dove si poteva sentire il suo timido e bellissimo coinquilino Paul mentre giocava.

Samantha saltò giù per le scale e si sedette sul comodo divano accanto a lui.

Il tuo primo obiettivo, qui, a tua disposizione.

Il suo cuore perse un battito.

Le sue telecamere segrete avevano già registrato il ragazzo nudo, mentre si masturbava, anche in un piccolo bondage dove gli piaceva farlo.

Voleva quel corpo.

Ne avevo persino bisogno.

Aveva bisogno che fosse suo.

Ma soprattutto, aveva bisogno della sua mente.

* * *

Aveva aspettato che gli altri due coinquilini fossero usciti per il fine settimana per tendere la sua trappola.

Paul sarebbe il primo vero banco di prova per i suoi occhiali per realtà virtuale molto speciali.

Tranne lei, ovviamente.

Samantha era un genio.

Era stata attenta a nascondere questo fatto fin dalla giovane età, e la morte prematura dei suoi genitori due anni prima, quando aveva diciotto anni, l'aveva lasciata senza guida, ma in possesso di una grande eredità e di una bella casa in un sobborgo di Manchester.

Aveva le risorse di cui aveva bisogno per rendere suo il mondo; tutto ciò che mancava erano alcuni soggetti di prova.

Aveva reclutato con cura coinquilini senza famiglia, pochi amici e forti tendenze sottomesse, e li aveva attirati con bassi affitti per le stanze della sua bella casa.

Il suo primo anno all'università gli aveva permesso di perfezionare la sua tecnologia sperimentale.

Adesso, ben oltre il suo secondo anno, aveva superato il corso, ma studiare informatica e psicologia le ha permesso di analizzare la realtà virtuale, i suggerimenti, l'ipnosi e tutte le altre componenti di cui aveva bisogno, il tutto sotto la copertura di uno studio legittimo.

Si chiedeva se altri come lei avessero creato gli stessi collegamenti, provato gli stessi approcci e come avrebbe potuto trovarli.

Ma prima, doveva verificare se la tecnologia avrebbe effettivamente funzionato.

* * *

"Sono stanco di questo gioco, Paul. Vuoi provare qualcos'altro?"

"Fammi solo finire questo livello."

"Ma Paul! Sono mooooolto annoiato. Per favoreooooo?"

"Me..."

"Per favoreooooorr?"

Sperava che quella fosse l'ultima volta che glielo doveva dire, e spostò qualcosa in modo che lui potesse vedere un po 'più in basso la sua scollatura.

Ha funzionato tutto il tempo.

"S ... Sì, bene. Cosa vuoi suonare?"

"Sono pronto a farti provare il mio gioco, vero?"

"Cosa, davvero? Pensavo avessi rinunciato a quello"

"Avevo solo bisogno di tempo per ottenere la versione beta corretta. Mi conosci, sono un tipico perfezionista."

"Potresti essere accusato di questo, sì."

"Non esagerare. Andiamo di sopra, i bicchieri ci sono."

* * *

Samantha fece sedere Paul sul bordo del suo letto di quercia ben costruito al centro della sua stanza spartana, mentre lei si toglieva gli occhiali.

Era contenta che si fosse arreso così facilmente.

Si adattava al profilo che aveva di sentirsi a proprio agio dominato da donne sicure come lei.

Non per la prima volta, ha dato uno sguardo e ha ammirato il suo corpo, il fisico di un nuotatore leggermente tonico, con belle braccia e un collo sottile.

I capelli corti, potrebbero farlo crescere un po ', e alto, ma non troppo alto.

Una buona misura per il posto del tuo primo schiavo.

* * *

Avviò il potente computer desktop che usava per la progettazione e la programmazione del gioco e diede a Paul gli occhiali per la realtà virtuale da indossare.

Poi alcuni controller di movimento da tenere in mano: erano di sua progettazione.

Sembrava pronto e disponibile e lei sentì il sudore iniziare a gocciolarle dalla fronte.

Questo è stato davvero.

Non si può tornare indietro.

"Inizia seguendo il maestro del puzzle, sono io, e fai quello che dice. Vado a monitorare da qui. Fammi sapere cosa ne pensi mentre procedi."

Paul annuì, sorridente ed entusiasta, e Samantha caricò il programma.

Non voleva davvero nient'altro che staccare la spina in quel momento, tenere Paul a terra, ammanettarlo al letto, togliersi i vestiti e cavalcare la sua faccia finché non era esausto.

Anche lui avrebbe potuto rovinarlo se lei glielo avesse chiesto, ma non era quello il punto.

Lasciò passare l'immagine mentale.

C'è abbastanza tempo per quello se funziona.

***

Samantha non si è mai chiesta se questa fosse la cosa giusta da fare.

Aveva testato gli occhiali su se stessa, programmandoli per rafforzare l'idea di essere un essere superiore e che gli altri avrebbero dovuto seguirla.

Questo l'aveva liberata dai suoi rimanenti dubbi.

Adesso era libero di governare gli schiavi.

Ma lo farebbe Paul?

***

Il programma iniziò e Samantha guardò Paul seguire volentieri le istruzioni dell'insegnante di puzzle.

Era solo, tutto in rosa, lì a letto, a fare quello che lei gli aveva detto di fare virtuale.

Samantha sentì calore nell'inguine.

Il suo avatar ha guidato il ragazzo attraverso compiti semplici: abbinare blocchi di puzzle, equazioni matematiche di base e ha continuato a istruirlo, aggiungendo più movimenti e più complessità e dando più lodi per ogni puzzle che ha risolto.

Era un buon matematico, questo era il suo titolo, e mostrava che, sebbene una volta che lo avesse schiavizzato, aveva intenzione di metterlo su una strada diversa.

"A volte ci sono difetti grafici", disse Paul, "dovrei smetterla?"

"No! Voglio dire, lo vedo, mi aiuterebbe davvero se continuassi. Per favore?"

"Certo! Lo spettacolo è fantastico. Ho solo pensato che potresti volerlo sistemare."

"Ho bisogno di più dati, continua il più a lungo possibile."

Paul si limitò ad annuire.

I fallimenti facevano parte del programma di Samantha, progettato per pasticciare con i centri motivazionali e di ricompensa del soggetto, aprendolo a nuovi input.

Tutte le nuove voci erano per gli scopi di Samantha e un problema diverso ha innescato un colpo di dopamina.

Stava cercando, in sostanza, di convincere il ragazzo dipendente a seguire i suoi ordini, ma le implicazioni erano molto più profonde di quello.

Da solo, pensava che quello che stavano facendo gli occhiali potesse essere sufficiente per i suoi obiettivi durante una lenta esposizione di circa un anno, purché ripetuta ogni giorno.

Non aveva molto tempo, perché ora voleva uno schiavo.

In effetti, era una dea.

Ora si meritava uno schiavo.

Disse a Paul di andare avanti e gli porse una bottiglia di una bevanda energetica dolce per farlo andare avanti.

Suonava solo da mezz'ora, ma lo inghiottì in pochi sorsi, con grande gioia di Samantha.

Aveva preso l'intera dose, senza saperlo.

Lo zucchero nascondeva il sapore, ma l'acqua era mescolata con un cocktail di droghe, alcune per aiutare ad aprire la mente di Paul, altre per aiutarla a domarla se necessario.

La sua ultima risorsa era una grande dose di rohypnol - nel caso avesse dovuto farle dimenticare tutto.

Gli avrebbe detto che avevano dormito insieme e che era svenuto di nuovo.

Il bambino avrebbe creduto a qualsiasi cosa gli avesse detto.

***

Paul rimase in silenzio pochi minuti dopo e Samantha arrossì per l'eccitazione.

Ha intensificato il programma nella seconda delle sue tre fasi, chiudendo le tende in modo che nessun occhio indiscreto potesse vedere cosa sarebbe successo dopo.

Il nuovo avatar di Samantha era vestito di pelle attillata, come uno dei suoi abiti reali.

Sexy ma non del tutto fuori dal comune.

Lo spettacolo ha fatto sdraiare Paul sul letto e iniziare a risolvere enigmi legati alla forma femminile.

Samantha lo guardò mentre lo faceva volontariamente, ei problemi tecnici diventavano più forti con ogni nuovo problema, costringendo la mente del ragazzo a sottomettersi più profondamente.

Samantha ha iniziato a digitare il comando per saltare al livello tre, ma si è ripresa appena in tempo.

Ha dovuto aspettare.

La mente del soggetto doveva essere completamente aperta prima che il livello tre iniziasse, altrimenti gli ordini che avrebbero cambiato la sua vita avrebbero colpito alcune difese psicologiche profonde.

Eppure Paul era immobile e drogato, sdraiato sul letto, con gli occhiali.

Non poteva vedere niente che Samantha stesse facendo nella vita reale, e non poteva nemmeno alzarsi dal letto, quindi poteva fare quello che voleva.

Si tolse le mutandine da sotto la gonna e iniziò a masturbarsi liberamente.

* * *

Paul impiegò un'altra ora per completare il livello due.

Samantha venne in silenzio, con respiri attenti, mentre lui giaceva lì sul letto, sempre più suscettibile al suo controllo.

Ha controllato il suo telefono più volte, alla ricerca di avvisi dai localizzatori che aveva installato sui dispositivi degli altri coinquilini che avvertivano che stavano arrivando.

I due erano ancora a cento o più miglia di distanza, e andavano a trovare compagni di scuola dai quali si stavano gradualmente separando.

Non avevano più una famiglia reale, nessuno a cui sarebbero mancati o avrebbe notato la differenza nel loro comportamento una volta che anche lei li avesse ridotti in schiavitù.

Desiderava ardentemente il giorno in cui avrebbero avuto bisogno solo della sua compagnia, ma rivolse la sua attenzione a Paul.

CAPITOLO 2

Premette il pulsante per il livello 3, afferrando una pistola stordente importata illegalmente e la siringa rohypnol pronta nel caso avesse reagito male contro il nuovo livello.

Scattò e gorgogliò mentre il suo programma rimuoveva l'ultimo pezzetto della sua resistenza mentale.

Poi si è bloccata nel letto quando il suo avatar software, ora completamente nudo e completamente esatto per lei, le ha detto di non muovere un muscolo, di non battere ciglio o di sbattere le palpebre, tranne di respirare.

***

Il livello 3 ha introdotto Paul al suo nuovo ruolo nella vita.

È stato creato per risolvere enigmi che sono stati fusi in immagini 3D di se stesso al servizio di Samantha, seguendo i suoi ordini e generalmente sottomettendosi a lei in tutte le cose.

Il programma ha indotto un grande colpo di dopamina ogni volta che ha completato uno degli enigmi e ha iniziato a introdurre un elemento uditivo.

Questo elemento le diceva che doveva giurarle fedeltà, giurare di mantenere la sua schiavitù un segreto assoluto a meno che non gli avesse espressamente dato il permesso di dirlo, giurare di servirla, giurare di abbandonare i propri obiettivi a favore di quelli che gli aveva dato.

Samantha fu felicissima di vedere l'uomo nervoso e indifeso mentre le ore si allungavano e gli occhiali facevano il loro lavoro.

Il suo corpo sussultava a ogni nuova spinta sottomessa che gli davano, finché non rabbrividiva ed era pronto per l'impianto finale.

Samantha gli si avvicinò e gli parlò all'orecchio.

"Finché mi servi fedelmente e bene, il tuo cuore sarà felice e la tua mente sarà completa. Ora sei mia proprietà. Io sono il proprietario del tuo corpo, della tua mente, della tua anima e di qualsiasi altra cosa tu abbia. Sono il proprietario di tutto ciò che sei e di tutto. quello che sarai. Rilassati nel mio servizio. Rilassati nella mia proprietà. Rilassati nella tua vera natura, come mio schiavo. Rilassati, rilassati, rilassati. Dammi il controllo. Rilassati. Ora sei il mio schiavo. Il tuo unico scopo nella vita è servirmi. ".

"Adesso sono il tuo schiavo", disse Paul.

Samantha sorrise, il suo cuore traboccante di vittoria.

Il potere aveva pulsato attraverso di lei, una carica elettrica che aveva messo in crisi il suo corpo, formicolando.

"Paul, togliti gli occhiali e alzati sul pavimento dove sto indicando."

"Sì, dea," rispose.

E Samantha era entusiasta di sentirlo usare il titolo corretto.

"Togliti i vestiti," disse.

Paolo tremò mentre lo faceva, il che avrebbe potuto essere la paura della sua schiavitù, o potrebbe essere stato un segno di resistenza.

Samantha aveva la pistola stordente in mano nel caso qualcosa fosse andato storto, e tremò per l'adrenalina mentre il ragazzo si spogliava completamente nudo.

Sembrava ancora meglio nudo: magro e in forma, con un bel cazzo e palle di media grandezza che sarebbero stati fantastici in qualsiasi vestito o semplicemente in mostra.

Per ora avrebbe dovuto lasciargli tenere i peli del corpo, almeno finché non avesse ridotto in schiavitù gli altri coinquilini ...

"Esponi la posizione uno", ha detto.

Paul era in piedi con i piedi divaricati e le mani dietro la schiena, guardando fiducioso la sua nuova dea, ma ancora tremante.

Fece le fusa per la sua obbedienza.

La sua capacità di ricoprire la posizione era un ottimo segno: aveva assorbito istruzioni dettagliate dal programma.

Samantha si avvicinò un po 'di più, poi un po' più vicino, osservando i segni di violenza o disobbedienza.

In realtà, il ragazzo schiavo era ancora così in alto che difficilmente poteva resistere.

E tremava ancora un po'.

Samantha annusò, annusò.

La programmazione lo aveva fatto sudare là fuori sul letto.

"Mostra la posizione quattro", ha detto.

Si lasciò cadere a terra e si allontanò da lei, poi sollevò il sedere in aria e glielo presentò, tremando.

Non aveva bisogno di lui in quel momento, quindi gli ordinò di strisciare in bagno in questo modo e di fare il bagno da solo.

Il modo in cui il suo cazzo e le sue palle rimbalzavano la facevano venire l'acquolina in bocca, e lei si chiedeva se doveva tenerlo a gattonare per tutto il fine settimana.

Probabilmente no, non dovrebbe spingersi troppo oltre finché la sua mente potrebbe ancora resistere.

* * *

Nell'aria calda del bagno grande, pulito e piastrellato di bianco, vide lo schiavo fare il bagno e lavare via l'orribile odore di sudore.

E quando lo ha elogiato per aver svolto un buon lavoro, gli è sembrato che il sorriso fosse vero e sincero, un vero schiavo che riconosce l'approvazione della sua dea.

Samantha era diventata sempre più bagnata mentre esaminava la sua proprietà, e ora non poteva più aspettare.

"Schiavo, in camera mia, da dietro, a letto."

"Sì, dea."

Continuava a strisciare lì senza che glielo avessero detto.

La mente razionale di Samantha fece notare che questo era un buon segno, un segno che era sempre stata una sottomessa naturale ed era da lì che veniva tutto.

Una volta che lo ebbe a letto, gli incatenò le braccia e le gambe alla robusta struttura del letto in quercia, poi si tolse la gonna, ma tenne addosso il resto del suo vestito.

Pensava che sembrasse deluso, ma non aveva importanza.

L'opinione di uno schiavo non era presa in considerazione.

Samantha saltò sul letto e si appollaiò sul suo nuovo giocattolo, in piedi con le gambe divaricate, proprio sopra il viso.

Aveva paura che potesse morderla, così si alzò dal letto e tirò un bavaglio ad anello da un tavolino, in un cassetto che teneva chiuso.

Si legò il bavaglio al viso e lo leccò.

Adesso era davvero impotente, ma non avrebbe fatto male rafforzare la sua autorità.

"Schiavo Paul, posso fare quello che voglio con te. Mi siederò sulla tua faccia e mi farai venire, correre e correre. Qualsiasi resistenza e io frusterò e torturerò le tue corde. Se provi a mordermi, posterò foto di te legato. e impotente su Internet, e mi assicurerò che tutti quelli che incontrerai possano vederli. Tuttavia, se obbedisci con entusiasmo, ti darò una ricompensa. So che lo desideravi. "

Con il collo di Paul allungato per cercare di raggiungere la sua figa, Samantha lo ha calpestato di nuovo e gli ha piantato il suo succoso sedere rotondo sul viso.

La sua lingua colpì ampiamente la fessura, così lei gli parlò di ciò che voleva.

Quando le ha fatto avere uno schema ammidico top-down, è stata in grado di rilassarsi di più.

Con la gag ad anello, non c'era quasi nessuna possibilità che potesse mordere, ma la disobbedienza sembrava essere la cosa più lontana dalla sua mente.

La sua lingua le accarezzò il clitoride, la vagina e l'ano in egual misura.

Samantha si eccitò e lasciò che il piacere la travolgesse.

* * *

Era preoccupata, molto preoccupata, che questo sarebbe andato storto, che avrebbe rovinato la vita di Paul, che la sua vita fosse stata scoperta, che la sua invenzione non funzionasse come previsto.

Aveva davvero sempre avuto successo nei test.

Testare il dispositivo su se stessa, per rimuovere l'ultimo della sua mente non dominante, era stato un grande successo, e ora, eccola lì, a cavalcare la faccia della sua stessa possessione umana.

Leccò come gli era stato ordinato, senza deviazioni, senza sorprese.

Senza un libero arbitrio.

La sua unica paura ora era che lei potesse averlo lasciato troppo sbalordito.

* * *

Samantha rimase a bocca aperta.

Era una dea e qui c'era il suo fedele schiavo.

I suoi succhi le coprirono il viso e la sua lingua mantenne il suo abile dovere.

Si appiattì ancora un po 'su di lui, soffocandolo, così lui dovette fare un respiro profondo attraverso il suo sesso, e la sensazione dell'aria che entrava ed usciva la avvicinò al limite.

Avrebbe potuto addestrare questo ragazzo a fare quello che voleva e, col tempo, avrebbe imparato tutti i modi per accontentarlo.

Ma ora ...

Ma ora ...

Oh!

Lei venne con forza e all'improvviso, e il ragazzo schiavo balbettò quando il suo orgasmo da dea gli riempì la bocca e minacciò di tagliargli completamente l'aria.

* * *

Samantha si spostò leggermente e lo lasciò respirare, ma insistette perché continuasse a leccare mentre l'orgasmo pulsava e scorreva attraverso il suo corpo.

Non esitava mai a obbedire, e lei aveva la meravigliosa sensazione di una lingua che possedeva, attaccata a un ragazzo che possedeva, poiché la sollevava al di sopra della tensione che aveva provato per tutta la settimana e la lasciava cadere nel puro piacere.

Era il paradiso del dominio.

I suoi occhi catturarono il cazzo del ragazzo che si dimenava, e lo vide diventare sempre più duro mentre rendeva il suo viso sempre più umido.

È stato davvero molto naturale.

***

Samantha ha deciso di rimanere seduta sul suo nuovo trono mentre il climax svaniva.

Il suo schiavo non smetteva mai di leccare e presto sentì i primi segni di un altro orgasmo che cominciavano a crescere.

La sua pelle formicolò e sentì l'afflusso di sangue in tutti i punti spinosi, il che significava che era veramente eccitata.

Sarebbe tornato molto presto!

La lingua dello schiavo continuava a prestare attenzione a tutti i suoi luoghi più intimi, finché lei gli ordinò di concentrarsi sul suo clitoride e urlò un altro orgasmo mentre gli teneva la testa a posto e lo picchiava.

La nuova Mistress è scesa dal suo schiavo dopo aver prestato un po 'più di attenzione al suo ano, poi si è sdraiata accanto a lui e ha afferrato il suo cazzo duro come una roccia.

Si tolse il bavaglio e guardò la sua mascella tornare in vita.

Poi si accarezzò pigramente il pene e il ragazzo si contorse e si contorse mentre la sua dea giocava.

Sapeva cosa stava facendo, quindi si è presa il suo tempo e ha lasciato che il ragazzo si avvicinasse all'orgasmo un paio di volte, ma si è tirata indietro all'ultimo secondo.

Quando ha avuto fame e disperazione, ha lanciato la sua trappola.

"Puoi venire se giuri la tua eterna fedeltà come mio schiavo e chiedi come ricompensa. Va bene?"

"Sì, dea."

"Chiedi allora."

"P- p- per favore, d- d- lasciami cum d- d- dea, e giuro la mia eterna fedeltà a te come tuo- tuo schiavo."

"Bravo ragazzo!"

Samantha glielo ha fatto giurare ancora un paio di volte solo per divertimento, poi ha afferrato il suo cazzo e ha iniziato a masturbarlo sempre più velocemente.

Il ragazzo sussultò all'improvviso aumento di intensità e Samantha lo vide che cercava di respirare e sentì l'orgasmo trattenere.

Gli ordinò di smetterla e modificò rapidamente l'ordine specificando che intendeva smetterla di trattenersi, dato che aveva smesso di respirare completamente.

Potrebbe averlo reso troppo conforme, ma un piccolo aggiustamento al programma potrebbe risolverlo.

I suoi occhi si spalancarono quando il cazzo di Paul schizzò in aria e si diffuse su entrambi i corpi, intrattenendolo facendogli leccare il dito.

* * *

Gli ha dato da mangiare quanti più cucchiai di sperma riusciva a trovare, quindi ha ricontrollato le sue catene, gli ha dato altra acqua drogata e si è rimesso gli occhiali VR per completare il livello tre.

Con il ragazzo indifeso al sicuro a letto, bevendo più messaggi subliminali e ipnosi, si sedette alla sua scrivania e iniziò a pianificare le sue prossime mosse.

CAPITOLO 3

Aveva un lungo weekend per andare: sabato era appena iniziato e Diana e Virginia non avrebbero dovuto tornare fino a domenica sera.

Diana, la riserverei fino alla fine.

Aveva una vaga idea di come infilare quella ragazza formosa con i capelli castani ondulati nei suoi occhiali, ma pensava che avrebbe avuto bisogno di Virginia per sedurla per provare, forse come un modo per avvicinarsi alla ragazza che desiderava.

Samantha sapeva che la sinuosa Diana era pazza per la ragazza snella e androgina Virginia, e non poteva biasimarla.

Un piccolo hackeraggio nel suo computer aveva rivelato la bisessualità di Diana, e questo la rendeva perfetta per essere la schiava di Samantha.

Aveva selezionato tutti i suoi coinquilini su quella base: sperava che fossero tutti bis, come lei.

Ma solo da Virginia, la bella Virginia, ne era sicura.

Samantha ha dovuto rendere schiava Virginia.

Tra poche settimane si presentò un'opportunità, quando apprese che Diana sarebbe stata di nuovo via, a far visita ad alcuni amici a casa sua.

Con Paul sotto il suo controllo, poteva ordinargli di iniziare a giocare con gli occhiali senza preavviso e interessare Virginia.

Pensava che le avrebbe permesso di provare i suoi occhiali per far sembrare che stesse dando a Virginia qualcosa di cui parlare con lui, e una volta che fosse stata resa schiava al sicuro, avrebbe potuto lasciare che facessero l'amore come volevano segretamente.

Non aveva programmato il triangolo amoroso tra i suoi tre coinquilini, ma questo ha reso le cose più facili.

***

La giovane dea lasciò passare altre due ore, quindi interrogò Paul per valutare la portata della sua sottomissione.

Decise che ormai era abbastanza soddisfatta e lo lasciò scivolare fuori dalle catene, sempre con la pistola stordente pronta, ora in una fondina con una cintura intorno alla vita.

* * *

Scese con Paul e dopo aver chiuso tutte le tende della casa, gli ordinò di iniziare a pulire le stanze al piano di sotto e di non fermarsi finché non avesse finito tutto su una lista che gli aveva dato.

C'erano ore di lavoro lì, ma Samantha aveva tempo e il suo vibratore a portata di mano.

Aveva intenzione di godersi lo spettacolo.

* * *

Paul obbedientemente cadde in ginocchio e iniziò a strofinare il duro pavimento di legno nel soggiorno.

Da lì sarebbe andato nella cucina annessa, poi nella sala da pranzo.

Erano tutte stanze piacevoli, luminose e ariose, con molti mobili, angoli e fessure.

Una piccola sfida per lui pulirli tutti.

Samantha ridacchiò mentre il cazzo e le palle del ragazzo rimbalzavano e sussultavano mentre lo schiavo lavorava sui punti e sui segni più difficili, facendo del suo meglio per tirarli fuori.

Il suo nuovo proprietario aveva programmato che lavorasse finché il pavimento non fosse tornato a splendere come nuovo.

Si è seduta sul divano, ha allargato le gambe e ha lasciato che il suo vibratore facesse il suo lavoro mentre guardava lo spettacolo.

Si stava davvero sforzando.

Era arrossita dall'orgoglio e dalla lussuria: la sua invenzione era stata un successo.

***

Paul si strofinò e strofinò, e Samantha ansimò per un orgasmo mentre lavorava diligentemente.

Non le importava che lui la guardasse furtivamente.

Avrebbe visto tutto quello che aveva da mostrare, tutte le volte che voleva, e mai per un secondo sarebbe stato altro che la sua scelta, le sue regole, il suo modo di fare le cose.

Ha mantenuto l'orgasmo il più a lungo possibile, poi ha acceso la televisione e ha messo su un film.

Paul finì il pavimento e andò a lavorare nella piccola cucina, che Samantha poteva vedere dal divano.

Pensava di non sembrare così sexy mentre puliva la cucina, ma andava bene così.

Doveva farlo, e lei era comunque più interessata al film in quel momento, quindi lo lasciò continuare con lei.

Passò un'altra ora e il ragazzo nudo tornò in soggiorno e cominciò a spolverare.

Starnutì, che carino, e tossì mentre raccoglieva mesi di polvere accumulata che lo aveva raggiunto.

Samantha dovette ammettere di essere rimasta colpita dalla sua dedizione impiantata.

Sperava che gli altri suoi coinquilini fossero così facili da schiavizzare.

***

Si stava facendo tardi la mattina quando si accorse che il ragazzo iniziava a rallentare ea perdere il ritmo che stava prendendo dalla lucidatura.

Rimase a guardare per alcuni minuti, prendendo appunti mentali, e quando fu sicura che il ragazzo non era più completamente dedito al compito, il suo cuore iniziò a battere forte.

Fece un respiro profondo, poi un altro, poi un altro, finché non riprese il pieno controllo.

"Schiavo, che c'è?" lei chiese.

Paul lasciò cadere il panno per lucidare senza che glielo dicesse e si voltò a guardarla.

Samantha lo guardò mentre cercava di rialzarsi e fallire, così gli ordinò di alzarsi.

Lo fece e si allontanò da lei, in un angolo del soggiorno.

Ha estratto la pistola stordente.

"Schiavo? Cosa c'è che non va in te?"

"Già n- n- n- non voglio farlo."

"Sì che puoi, schiavo."

"Sì, dea. N- n- n- no, dea. Samantha. Dea. Sì. No. Io-"

"Sta 'zitto".

"Y-"

"Vai di sopra e sdraiati sul mio letto, adesso."

"N-"

"Adesso!"

Lo fece, ma lei vide che tremava e perdeva l'equilibrio mentre avanzava.

* * *

Una volta che fu sul letto, lei gli fece saltare la pistola stordente e lo guardò restare fermo.

Poi lo incatenò al letto con le gambe divaricate e pensò a cosa fare dopo.

Non era preoccupata che lui chiedesse aiuto, dato che la casa era a tripli vetri e completamente insonorizzata.

Ma qualcosa non andava.

CAPITOLO 4

Se gli avesse iniettato adesso, avrebbe potuto dimenticarlo, ma potrebbe essere passato troppo tempo da quando gli occhiali hanno iniziato a funzionare.

Se solo l'avessi visto prima, ma non c'erano stati segni.

Potrebbe usare gli occhiali per guidarlo di nuovo attraverso la sequenza, ma provare la stessa cosa due volte potrebbe non avere successo.

Potrebbe aumentare la dose del cocktail di droga a un livello pericoloso e aumentare anche l'intensità dei bicchieri.

Potrebbe funzionare, o potrebbe ucciderlo, che sarebbe il peggior risultato che potesse immaginare.

Sapeva in cuor suo che questo ragazzo aveva bisogno di essere suo schiavo e che avrebbe vissuto una vita felice come sua proprietà.

"Pensavo volessi essere il mio schiavo?" gli sussurrò all'orecchio.

"Io d-" disse, sputando due sillabe e poi ricordando il comando di tacere.

"Puoi parlare liberamente, schiavo," disse.

"Voglio essere la tua schiava, dea. L'ho amato da quando ti ho incontrato."

"Perché lo stai combattendo allora? Sei un sottomesso naturale, sono un Domme naturale. Sarai felice come mia proprietà."

"Mi vergogno, dea."

"Di cosa?"

Fece una lunga pausa prima di essere pronto a rispondere:

"Di essere nudo davanti a te."

"È per questo che stai resistendo?"

"Sì, dea."

"Non perché non vuoi essere il mio schiavo?"

"No, dea."

"Be', smettila di metterti in imbarazzo. Mi piaci nuda e ti terrò così qualche volta. È mio diritto come tua padrona, dopotutto. Sei fantastica."

"No, non lo sono, dea."

Samantha sentì la certezza nella sua voce e sapeva che lo intendeva davvero.

Questa era una difesa mentale che non aveva programmato, non da parte di Paul.

Era sempre sembrato così sicuro della sua pelle, e quando andavano a nuotare insieme sembrava sempre fantastico, non ingombrante, non magro, davvero solo nel punto debole.

Il tuo punto debole, comunque.

Samantha si calmò e impiegò alcuni minuti per pensarci.

La sua mente scorreva nel modo speciale che aveva quando risolveva un problema davvero elettrizzante, e passò rapidamente attraverso una valutazione delle sue opzioni.

Sbarazzatene: no, troppo presto per quello.

Più programmazione: c'era una difesa che non aveva visto arrivare, quindi non avrebbe funzionato nella sua forma attuale.

Si dilettava con l'idea di rinchiuderlo nel piccolo studio vuoto che possedeva in una città a molti chilometri di distanza, per l'eventualità di un parziale successo: poteva fingere che fosse scappato o fosse dovuto tornare nella sua città natale, o qualcosa del genere. simile.

Troppo presto anche per quello, e comportava dei rischi, come dover disattivare le corde vocali e tenerlo in gabbia.

Poi l'idea l'ha colpita.

Aveva fino a 24 ore prima che gli altri coinquilini tornassero.

Se avesse iniziato a programmare ora, avrebbe potuto creare un nuovo programma, provarlo e vedere se lo avrebbe risolto.

Per prima cosa, gli ha chiesto informazioni su eventuali altre difese che avrebbe potuto avere, qualsiasi altra riserva, qualsiasi cosa che potesse pensare potesse essere un problema.

Non c'era niente, solo una paura opprimente di essere nudo davanti agli altri.

Lasciò il ragazzo incatenato al letto, ma lo coprì con una coperta e andò a lavorare.

CAPITOLO 5

Tre ore sudate dopo, dopo un sacco di caffè e molte imprecazioni, aveva le basi di un programma pronto per andare con gli occhiali per realtà virtuale e ha deciso che era ora o mai più.

Si mise a sedere sul letto e cullò la testa del ragazzo tra le mani, poi gli fece bere una grande dose del cocktail che apriva la mente, tenendolo compiacente e aperto tutta la notte.

Gli impedirebbe anche di muoversi, ma probabilmente potrebbe trascinarlo nella sua stanza se necessario, nel caso in cui uno dei coinquilini tornasse presto.

***

Gli posò gli occhiali addosso, tornò alla scrivania e premette di correre.

Era per lo più lo stesso spettacolo di prima, tranne che ora i puzzle includevano foto e video che aveva fatto del suo corpo nudo, con rinforzo positivo, alcuni servizi fotografici che lo mostravano nudo e felice in compagnia mista e una serie di mantra. e giuramenti che attaccavano le caratteristiche psicologiche chiave di una cattiva immagine corporea.

Sperava che fosse abbastanza, ma avrebbe comunque avuto il tempo di farlo uscire di casa la mattina se non fosse stato.

Samantha gonfiò un piccolo materasso ad aria e lo mise sul pavimento della camera da letto, poi chiuse gli occhi e si costrinse a dormire.

Aveva bisogno solo di poche ore di sonno e il programma era lungo.

Questo era un altro rischio calcolato: non si poteva davvero regolare il programma mentre procedeva, ma non si poteva neppure monitorare i suoi progressi in tempo reale.

Quello che doveva fare era fidarsi di se stessa che il suo programma avrebbe funzionato e poi valutare gli effetti in poche ore.

* * *

L'allarme la prese un po 'più tardi, troppo breve, e gemette al pensiero di passare un'intera giornata con così poco sonno.

Sfregandosi la stanchezza dagli occhi, si alzò ed esaminò il suo nuovo potenziale schiavo.

Era completamente immobile, gli occhiali erano ancora saldamente attaccati e dal grande monitor nell'angolo della stanza poteva vedere che il programma aveva quasi completato il suo ciclo finale.

Fece un bel caffè forte e lo bevve, assaporandone l'aroma mentre guardava lo schiavo completare l'ultima parte, sperava, del suo nuovo lavaggio del cervello.

Quando lo spettacolo finì, lui si tolse gli occhiali e lei si sdraiò accanto al suo corpo incatenato sul letto e gli accarezzò il viso.

"Ti dispiace se tolgo la coperta così possiamo vedere il tuo corpo completamente nudo, schiavo?" lei chiese.

"Non mi interessa, dea. Per favore, portalo via, dea, voglio che tu mi veda. Tutto di me. Per favore."

Samantha rise e portò via la coperta.

Paul usò quel poco di flessione che aveva nelle catene e si voltò il più lontano possibile dal suo sguardo.

Samantha rise di nuovo e iniziò a far scorrere le mani sui suoi fianchi, sulla sua pancia e sul suo cazzo, poi sulle sue gambe e di nuovo verso il suo cazzo e le sue palle, lasciando che il suo cazzo si indurisse tra le sue mani.

"Come ci si sente a essere nudo, schiavo?"

"Dea eccezionale. Mi sento così liberata, voglio solo restare così per sempre, qui con te."

"Quindi non hai paura di essere nudo?"

"Perché la dea dovrebbe averlo? Mi possiedi e mi hai visto nudo, quindi voglio essere nudo per te."

"E le altre persone?"

"Lo voglio anche io, dea. Per te."

"Va bene, schiavo, perché un giorno succederà presto."

"Sì, per favore, dea. Sì! Per favore!"

Samantha rise e si chiese se si fosse spinta troppo oltre.

Per provarlo, lo lasciò uscire dalle catene, lo portò nella sua stanza dall'altra parte del corridoio e gli ordinò di vestirsi.

Lo fece, una volta che lei gli aveva detto esattamente cosa indossare, ma ora, semmai, sembrava a disagio nei suoi vestiti.

Gli ordinò di smetterla di agitarsi e, attraverso un attento addestramento, lo avrebbe portato al punto in cui avrebbe potuto indossare i vestiti normalmente.

* * *

Samantha balzò in piedi e si ricordò cosa aveva dimenticato di fare.

È tornata di corsa nella sua stanza e ha attivato il programma di localizzazione sui telefoni e sui computer dei suoi coinquilini.

Poi sospirò di sollievo quando mostrarono ancora che erano a centinaia di miglia di distanza.

Aveva ancora un sacco di tempo, ma si è assicurato che l'allarme suonasse quando hanno iniziato a tornare verso Manchester.

* * *

Quando tornò nella stanza di Paul, lui era esattamente dove lei lo aveva lasciato, calmo e felice, aspettando solo i suoi ordini.

"Spogliati e fammi colazione, schiavo. Uova strapazzate con pane tostato, caffè e succo d'arancia. E prepara qualcosa anche per te. E portalo in camera mia."

"Sì, dea!" disse, sembrando godere di essere nudo per lei.

Ha persino avuto una mezza erezione rimbalzante mentre scendeva le scale.

CAPITOLO 6

Samantha lo ha fatto inginocchiare sul pavimento per fare colazione, poi ha passato un'ora a testare la volontà del ragazzo di esporsi.

Ci aveva pensato mentre mangiava, mentre i suoi occhi si dilettavano sul bel corpo nudo del ragazzo, e ora era il momento giusto per assaggiarlo.

"Al piano di sotto nel soggiorno e mettiti in mostra nella posizione uno."

"Sì, dea!"

Samantha lo ha seguito, tenendo le sue macchine fotografiche e un treppiede, che ha impostato per iniziare a filmare lo schiavo nudo.

"Schiavo, dimmi come ci si sente ad essere nudo adesso."

"Mi sento libera, dea. Il mio corpo è bellissimo e mi piace quando mi guardi."

"E se ti sto filmando?"

"Mi piace che tu pensi che valga la pena filmare."

"Bella risposta, schiavo. Ora, inginocchiati sul pavimento e masturbati fino all'orgasmo mentre guardi la telecamera, e mentre ripeti continuamente: 'Sono l'orgogliosa proprietà nuda di Samantha Gibson e sembro incredibilmente nuda.'"

"Sì, dea! Sono la proprietà nuda e orgogliosa di Samantha Gibson e sembro incredibilmente nuda. Sono la proprietà nuda e orgogliosa di Samantha Gibson e sembro incredibilmente nuda. Sono la tenuta nuda e orgogliosa di Samantha Gibson e sembro nuda in modo fantastico. Sono la tenuta nuda e orgogliosa di Samantha Gibson e sembro nuda fantastica ..."

Samantha puntò le telecamere contro il ragazzo, poi si tolse le mutande e si unì alla frenesia del piacere che lo portò a un felice orgasmo fluttuante mentre fissava lo schiavo.

Sembrava così dolce e felice, nessuna traccia dell'imbarazzo del giorno prima, e tutti i segnali erano positivi.

Anche lui è venuto enormemente, sparando cumuli di sperma in tutto il soggiorno, che il suo nuovo proprietario gli ha fatto pulire a fondo mentre lei cercava di sopprimere le sue risate e si masturbava.

Era al settimo cielo quando ha visto anche il lato divertente.

Questo sembrava chiudere il problema.

Lo avrebbe tenuto d'occhio per il resto della giornata, ma era certa che il lavaggio del cervello avesse funzionato completamente questa volta.

* * *

"Alzati, schiavo. Andiamo in bagno per un bagno. Oh, prima che mi dimentichi. Limone, Ditale, Seta." Il viso di Paul divenne vuoto e i suoi occhi si velarono sulla stringa di parole chiave condizionanti. , "Gallo flaccido fino a quando non ti dico il contrario. Limone, ditale, seta. D'ora in poi, ho il pieno controllo del tuo cazzo, come si addice al fatto che lo possiedo. Ti permetterò di sollevarlo, ma solo quando dico I. Questo sarà più efficace della gabbia di castità, e anche completamente immateriale ".

"Grazie dea," disse Paul.

* * *

L'acqua del bagno era perfetta e Samantha fu toccata dal tocco attento della sua schiava.

Le diede la sua piena e totale attenzione, e lei si rilassò nel suo corpo mentre si appoggiava a lui, lasciandogli massaggiare la tensione che si era accumulata nel corso della giornata intensa e stressante che l'aveva portata a renderlo schiavo.

Questo era tutto ciò che aveva sempre desiderato e si chiedeva se sarebbe bastato a renderlo schiavo.

Avrebbe potuto sposarlo, abbandonare i suoi coinquilini e vivere felici e contenti.

Ma no.

Aveva bisogno di uno schiavo, almeno, e l'idea di possedere un paio di ragazze che potevano scopare per il suo divertimento era troppo deliziosa per lasciarsela sfuggire.

Dovevano essere tutti loro.

Potresti anche aggiungerne uno o due in più in futuro, anche se avresti bisogno di una casa più grande.

E aveva un piano generale, che dipendeva dall'acquisizione di persone con le giuste competenze.

Gli altri suoi coinquilini studiavano medicina e biochimica, e lei ne aveva bisogno per realizzare davvero il suo piano aziendale sulla schiavitù.

CAPITOLO 7

Le mani di Paul la riportarono al momento.

Li condusse al suo sesso e mentre si appoggiava al suo petto.

Le sue dita fanno il loro lavoro sott'acqua, dove le accarezzano il clitoride e iniziano a farla sussultare.

Samantha immaginava un futuro in cui avrebbe potuto avere questo ogni giorno.

Oh Dio, adesso era bravo in questo, e in qualche modo era connesso al suo corpo in un modo che non era accaduto il giorno prima.

L'ha persino tenuta sull'orlo dell'orgasmo per un po', cosa che lei non gli aveva nemmeno detto di volere, prima di spingerla via e farla urlare per l'impeto di piacere.

Il condizionamento teneva e lei sentiva che non poteva diventare duro anche quando le piaceva.

A questo sorrise.

"Schiavo, vieni fuori, asciugati, poi asciugami."

"Sì, dea."

Quando è uscito, lei si è allungata e ha scosso il suo cazzo molle e ha riso.

Era completamente liscia e arrossì di un brillante cremisi.

Si crogiolava nella sensazione di un uomo obbediente che le asciugava il corpo succulento ed era soddisfatta di averlo fatto perfettamente, con un'intensità che sembrava aggiungersi a tutto ciò che stava facendo per lei.

Poi lo condusse di nuovo in camera da letto e lo mise a quattro zampe.

Scese al piano di sotto, ancora nuda, e raccolse le telecamere.

Li ha riportati indietro e li ha installati.

Dopo un'altra revisione delle posizioni dei suoi coinquilini, ha iniziato ad accendere le telecamere e ha raggiunto il suo dildo più piccolo.

"Questi sono solo i preliminari, schiavo."

Lo ha fatto sedere sul letto, ha lubrificato il dildo ed è rimasta colpita dalla reazione dello schiavo quando lo ha spinto dentro di lui senza preavviso.

Non ha nemmeno provato a scappare da lei.

Obbedienza totale, come programmato.

Le sue mani si chiusero attorno ai suoi fianchi forti e lasciò che ogni spinta penetrasse in profondità in lui, e lo tenne lì prima di tirarsi indietro e colpirlo di nuovo.

Ha usato le parole condizionanti per farlo diventare duro di nuovo, poi gli ha parlato dei parametri della sua nuova vita.

"Schiavo, parliamo mentre ... ci divertiamo ... ci scopiamo. Sarai mia proprietà fino al giorno in cui morirai. Più tardi oggi, prenderò il controllo della tua vita. Mi darai accesso ai tuoi conti bancari e mi trasferirai tutti i tuoi soldi. Non ne ho bisogno, voglio solo controllare il tuo Ti darò un'indennità così potrai spendere un po 'di soldi.

"O mi sposerai o firmerai una procura per me, ma d'ora in poi gestirò la tua vita. A meno che io non revochi quest'ordine, devi agire in presenza di altri in un modo che non rivela mai che siamo coinvolti, che io sono la tua dea, o la tua padrona, o che io sono qualcosa di diverso dalla tua coinquilina e amica. Rivolgiti a me come "dea" solo quando sei sicuro che nessun altro possa sentire e quando ti ho esplicitamente ordinato di entrare in modalità schiavo. Cambierò l'ordine uno una volta schiavizzo più persone.

"Il tuo nome mi piace e puoi tenerlo, ma ti darò anche un nome da schiavo: marito di casa. Domani andrai all'università e lascerai formalmente la tua laurea in matematica. Poi invece, farai domanda per studiare. arte e design: ti pagherò e ti dirò dove candidarti. So che è quello che hai sempre voluto studiare, e ho bisogno di queste abilità più della matematica, quindi funziona per entrambi ".

"Grazie, dea!" rispose il suo schiavo.

"Bravo ragazzo, marito di casa. Come suggerisce il tuo nuovo nome, d'ora in poi trascorrerai molto più tempo in casa a soddisfare i miei bisogni. Per cominciare, lo farai solo quando i nostri coinquilini saranno assenti e non dovrai tornare per il meno mezz'ora. Una volta ridotti in schiavitù, puoi anche essere il marito di casa per tutti. Saremo tutti più impegnati a studiare e lavorare di te ".

"Sì dea! Grazie dea!"

"Oh bravo ragazzo. Così impaziente! Come ti piace farti inculare, vero schiavo?"

"Amo il tuo cazzo nel mio culo, dea. Fa male però."

"Passerà, schiavo. Respira e goditela."

"Sì, dea."

"Prenderai cazzi molto più grandi di questo una volta che ti sarò disteso correttamente."

"Grazie, dea!"

Samantha si è concentrata sul scopare davvero il suo schiavo.

Questo era un altro buon test per verificare se fosse davvero suo, ma in verità non c'erano più dubbi.

Ero sicuro?

Doveva essere molto, molto sicura e non lasciarsi trasportare.

Ma era esausta, e poteva sentire che il suo corpo stava per arrendersi, poiché aveva affrontato un normale limite biologico dopo uno dei giorni più intensi della sua vita.

Continuava a scopare perché il suo schiavo ne aveva bisogno e anche lei, ma almeno aveva bisogno di riposarsi.

* * *

Il dildo continuò finché il suo schiavo non ringhiò di vero piacere, e lei gli fece toccare con una mano per venire mentre era dentro di lui.

Voleva che associasse il piacere all'obbedienza, e questo era uno dei modi migliori.

Si tenne sui suoi fianchi e gli schiaffeggiò il culo, e si costrinse a combattere la stanchezza e continuare fino a quando non ebbe l'orgasmo.

Il sollievo si diffuse quando lo fece, e lei lo smontò e lasciò che il dildo colpisse il pavimento.

CAPITOLO 8

Il nuovo proprietario di schiavi ha recuperato il suo telefono e ha controllato dove si trovassero i suoi coinquilini.

Non stavano ancora tornando indietro, ma avrebbero dovuto ricominciare presto.

Aveva ancora tempo.

L'allarme l'avrebbe svegliata quando uno di loro si sarebbe sicuramente avvicinato di nuovo a Manchester.

Ordinò a Paul di cadere sul pavimento e sdraiarsi sul davanti dove era stato, godendosi la sensazione del suo sperma appiccicoso sulle lenzuola, e poi allargò le gambe per lui.

"Schiavo, leccami il culo finché non mi addormento."

"Sì, dea."

C'era qualcosa di speciale nel modo in cui Paul la leccava lì.

Aveva un gran sedere e lo sapeva, e si sentiva come se lui volesse adorarlo tanto quanto lei voleva essere adorata.

Erano una coppia predestinata all'incontro, o almeno una coppia rinata.

La sua lingua divenne più abile in risposta ai piccoli calci, gemiti e grugniti di Samantha, e lei lo sentì sperimentare finché non trovò il modo giusto per rilassarla.

Si è addormentata, una dea felice.

***

E si è svegliata di soprassalto.

Poteva sentire la voce di Diana di sotto, chiara come una campana.

Saltò giù dal letto e si guardò intorno in cerca di Paul.

Non c'era traccia di lui.

Poi anche la sua voce, giù.

Merda.

Era questa la fine?

Le stava dicendo proprio in quel momento quello che gli aveva fatto?

Cosa dovrebbe fare?

Indossò dei jeans e una camicia larga che gli permise di nascondere la pistola stordente alla vita senza mostrarlo.

Poi ha aperto la porta della camera da letto per ascoltare.

"Ed è stato allora che mi ha preso il telefono e se n'è andato con lo scooter. Il mio fottuto telefono! Non me lo posso permettere!" sentì Diana urlare.

"Andrà tutto bene Diana," sentì Paul dire, "possiamo procurartene un altro. Possiamo procurarti un piano a rate o qualcosa del genere. Ehi, va bene.

"E anche il mio laptop è stato davvero strano. Pensi che potrebbe avere un virus?"

"Chiediamo a Samantha quando è sveglia."

Samantha entrò in soggiorno per trovare un Paul completamente vestito seduto a parlare con Diana, mentre il sole pomeridiano filtrava dalla finestra.

Non ha visto alcun segno che qualcosa non andasse, e quando Diana gli ha raccontato la storia del furto del suo telefono, ha capito perché non era mai apparso che stesse tornando in città.

Ha dato a Diana un vecchio telefono dal suo cassetto tecnico, e quando la ragazza l'ha abbracciata forte, è stato quello che Samantha le ha permesso di fare per resistere all'ordine di Paul di bloccarla lì in modo che potesse provare a schiavizzarla subito.

Samantha lasciò sfuggire la tensione e Paul le fece l'occhiolino.

Adesso era davvero tutto suo.

SECONDA PARTE

CAPITOLO 9

Samantha si è svegliata presto ed è scesa a prepararsi la colazione.

Desiderava ardentemente il giorno in cui Paul, il suo perfetto marito di casa, le avrebbe preparato tutti i pasti, ma doveva mantenere il controllo.

Lo aveva mandato nel suo studio segreto in un'altra città, per prepararsi al fine settimana in cui Diana sarebbe stata via.

In cucina, Samantha fu sorpresa di trovare Virginia già alzata e fare colazione.

Se avesse dei piani di cui Samantha non era a conoscenza, sarebbe stata una complicazione.

"Ciao tesoro," disse Samantha, "questo è un inizio di giornata molto presto per te, eh?"

"Oh totalmente, ma devo finire una prova generale e ho davvero bisogno di passare un po 'di tempo anche in palestra."

"Pensavo avessi già finito tutto"

"Anch'io! Ma ho sbagliato dall'inizio e ora devo riscrivere tutto, ma sono molto stressato quindi prima vado in palestra. Vado a bruciare tutto, sai, ho davvero bisogno di bruciare energie."

"Quindi non puoi passare il fine settimana con me?" La interruppe Samantha.

"Oh Dio Samantha, mi dispiace così tanto. Ho dimenticato che avevamo dei piani. Oh merda ..." Virginia si interruppe.

"Va bene tesoro, va bene! Ti dico una cosa, ti porterò in palestra, possiamo allenarci insieme e ti riporterò indietro, e ti terrò piena di caffeina e nutriti oggi mentre lavori a quelle prove, okay?"

"Oh mio Dio, sei la migliore! Ma davvero, mi dispiace così tanto. Volevo così tanto essere un 'fine settimana con te' ragazza, ma poi questo mi è semplicemente sfuggito."

"Ok, sì? È un peccato però, stavo per mostrarti il mio nuovo gioco di cui Paul si è davvero appassionato."

"Oh cos'è quello?" Disse Virginia, improvvisamente concentrata su Samantha alla menzione del nome di Paul.

"È un puzzle game che ho realizzato. Voglio dire, non so se lo piacerebbe anche a te. C'è un sacco di roba scientifica, se ci provi potresti dirmi se va tutto bene? Tuttavia, è stato un bene che l'ha provata .. Mi ha aiutato molto a rimediare a vari errori e ci ha davvero dato qualcosa di cui parlare. Sa essere molto timido, giusto? "

"È molto difficile farlo parlare!"

"Molto difficile. Tuttavia, è un buon ascoltatore."

"Oh sì, lo è! Non ho mai incontrato un ragazzo che ascolta così attentamente."

"Forse se finisci il tuo saggio prima potresti provare il gioco?"

"Mmmm, immagino?"

"O potremmo aspettare di provarlo finché non avrai bisogno di una pausa?"

"Oh sì, potrebbe funzionare!"

"Ne parleremo più tardi."

"Sì!"

CAPITOLO 10

Samantha guardò Virginia fare colazione velocemente e lei mangiò la sua altrettanto velocemente.

Poi presero le loro borse da palestra e Samantha li portò lì.

Samantha aveva corso più volte nel suo quartiere con Virginia, ma non era mai stata in palestra con Virginia prima.

Avevano deciso di fare un bagno veloce e poi di visitare la sauna prima di precipitarsi a casa per far lavorare Virginia al suo saggio.

***

Negli spogliatoi, Virginia ha sorpreso Samantha spogliarsi completamente di fronte a lei senza pensarci due volte, e Samantha ha deciso di stare al gioco mettendosi a sua volta nuda.

Sapeva di avere il corpo di una dea, e si prendeva il suo tempo tra finire di spogliarsi e mettersi il bikini, chiacchierare casualmente con Virginia e prendere nota degli sguardi furtivi che Virginia le rivolgeva.

Questo è stato un buon segno.

Samantha era stata attratta da Virginia in passato, ma non era mai stata sicura di quanto fosse forte.

Nuotare con Virginia ha confermato i sospetti di Samantha.

La ragazza era pazza di lei e di Paul.

Samantha ha chiacchierato e riso con Virginia in piscina, e Samantha si è assicurata di far vedere a Virginia le sue pose migliori e ha anche dato a Virginia alcuni indizi fisici che potrebbe essere anche lei in lei.

Samantha nuotava davanti a Virginia in modo che Virginia avesse un'ottima visuale del suo sedere perfetto, e con sua gioia Virginia continuò a suggerire solo un paio di giri in più, ma insistette che Samantha stabilisse il ritmo andando per prima.

* * *

Nella sauna, Samantha si è complimentata con Virginia per il suo bellissimo taglio di capelli da folletto e per come il suo costume da bagno si abbinava alla sua carnagione.

Virginia ricambiava ogni complimento toccando e spazzolando, quindi Samantha era assolutamente certa che Virginia stesse diventando accaldata e irrequieta.

La mente di Samantha aveva elaborato e pianificato alla velocità della luce mentre nuotava, e poteva vedere vari modi per andare avanti.

"Beh," disse Samantha, "immagino che tu abbia davvero bisogno di andare a casa e andare avanti con le prove, giusto?"

"Oh Dio, lo so. Mi dispiace tanto rovinare il nostro weekend."

"Non scusarti tesoro, possiamo ancora passare del tempo insieme. È stato un bel bagno. Andiamo alle docce?"

"Sì!" Virginia scattò.

* * *

Samantha condusse Virginia fuori dalla piscina e tornò negli spogliatoi, rimanendo un po 'più avanti in modo che Virginia potesse avere una buona visuale del bel culo rotondo di Samantha.

Samantha si spogliò e tirò fuori l'asciugamano dal suo armadietto, poi si diresse verso le docce aperte per vedere se Virginia l'avrebbe seguita.

Il cuore della futura Mistress batteva all'impazzata mentre aspettava di vedere cosa avrebbe fatto Virginia, e quando entrò nella zona doccia furono accolti con grandi sorrisi e sguardi sempre più evidenti.

Samantha si è presa il tempo per fare la doccia, e anche Virginia.

Parlarono di questo e di quello, delle persone che conoscevano, e Samantha coinvolse Paul nella conversazione solo per vedere cosa sarebbe successo.

Virginia apprezzò a malapena il nome nel momento in cui cadde una goccia.

Continuò a riportare la conversazione a Samantha, finché la futura Mistress si rese conto che Virginia stava cercando di scoprire se vedeva qualcuno.

***

Sulla via del ritorno in macchina, Samantha non poté fare a meno di notare che Virginia era irrequieta, preoccupata e forse arrapata allo stesso tempo.

Quelle dannate prove stavano ostacolando la seduzione di Samantha, e quando arrivarono a casa Virginia sembrò perdere i nervi e corse di sopra nella sua soffitta per andare a lavorare.

Samantha le diede qualche minuto per calmarsi, poi andò in soffitta con una tazza di tè e augurò buona fortuna a Virginia con il suo saggio.

"Sarò di sotto nella mia stanza nel caso tu abbia bisogno di qualcosa, tesoro. Qualunque cosa," disse Samantha.

***

Con la porta della sua stanza chiusa, Samantha accese il computer ed eseguì i comandi per accedere alle telecamere nascoste che aveva posizionato nella stanza di Virginia.

Guardò Virginia mentre lottava per concentrarsi, digitando velocemente alcune frasi nel suo saggio e poi alzarsi dalla scrivania e dirigersi verso la sua porta.

Aspettando vicino alla porta.

Iniziando ad aprirlo ...

Scuotendo la testa e tornando a sedersi.

Dannazione.

CAPITOLO 11

Samantha ha deciso di lasciare che la ragazza accumuli un po 'di tensione.

Avrebbe reso più facile per lui distrarsi e sedurla.

Nel frattempo, ha aperto le telecamere che aveva messo nello studio dove aveva nascosto Paul.

Come ordinato, era completamente nudo, seduto sul pavimento con un album da disegno, e si esercitava a disegnare la forma umana da immagini fisse.

Non era ancora molto bravo, ma ci stava provando e lei sapeva che sarebbe stato bravo in questo.

Tutto il lavaggio del cervello che aveva fatto gli aveva dato un obiettivo singolare.

Un approccio singolare. Samantha sentì un'ondata di piacere travolgerla quando ebbe una grande idea.

Mise la visuale della telecamera su un altro monitor e andò a lavorare sul suo computer su una versione adattata del suo gioco di lavaggio del cervello in realtà virtuale, creato appositamente per Virginia.

La cosa buona di questo era che aveva bisogno solo del livello 1 per agganciare Virginia, e la ragazza da sola avrebbe continuato a tornare per ulteriori informazioni mentre finiva il suo saggio.

Samantha ha sostituito alcuni dei suggerimenti del primo livello del programma con un'istruzione per concentrarsi sul compito di fare quel saggio e farlo bene.

Si è lasciata come una maestra di puzzle e ha condensato il gioco in modo che Virginia potesse percepire un effetto dai suggerimenti in un breve periodo di tempo.

Ora l'effetto di set-up del gioco avrebbe aiutato Virginia a schiarirsi le idee e avrebbe visto la sua concentrazione migliorare notevolmente, anche se solo per un breve periodo.

Quindi tornerei di più.

CAPITOLO 12

Samantha si vestì con l'abito più sottile e trasparente che fosse ragionevole per lei indossare in casa, e portò un'altra tazza di tè nella stanza di Virginia.

Gli occhi di Virginia quasi saltarono fuori dalle orbite quando vide come era vestita Samantha, che le chiese:

"Come stanno andando le prove?"

"Il male."

"Sei stressato tesoro?

"Dannazione, Samantha! Come diavolo faccio a farlo? Non riesco a pensare chiaramente. Sono così incasinato. Fanculo, cazzo, cazzo."

"Fai un respiro, tesoro. Okay. Ti sto dicendo una cosa, potrei avere qualcosa che può aiutarti. Dammi un'ora e se ancora non riesci a concentrarti, vieni giù e bussa alla mia porta. Sarà pronto per allora."

"Che cos'è?"

"È una sorpresa! Ma è una specie di strumento psicologico che può aiutarti a focalizzare la tua attenzione. Lo uso sempre e mi aiuta davvero. È tutto quello che ti dirò, ma non posso prometterti che ti aiuterà, quindi dovresti prima provare a concentrarti. Ce la puoi fare ragazza! "

In verità, lo spettacolo era già finito, ma Samantha pensava che questa versione fosse più credibile e questo rendeva Virginia ancora più vulnerabile a ciò che stava per fare.

***

Cinquantatre minuti dopo, Virginia bussò alla sua porta e Samantha le porse gli occhiali per realtà virtuale e la fece sedere sul bordo del suo grande letto di quercia.

"Questo è un gioco progettato per aiutare il giocatore a concentrarsi sul completamento di compiti e obiettivi. Utilizza enigmi per migliorare l'attenzione e fornisce segnali visivi e uditivi che aiutano la mente a rilassarsi. Ha funzionato a meraviglia per me. L'ho adattato un po 'per tu. Lo proverai? "

Virginia annuì in silenzio e si mise gli occhiali.

Il cuore di Samantha iniziò a battere di nuovo nel suo petto.

Si chiedeva se Virginia si sarebbe opposta al gioco, se sarebbe crollata completamente per lo stress, se stava correndo un rischio troppo grande e aveva solo bisogno di aspettare.

No, questo andava bene.

Il livello 1 ha avuto un effetto molto piccolo sulla mente, e il peggio che poteva accadere era che non avrebbe funzionato, nel qual caso Samantha o Paul avrebbero sedotto Virginia alla vecchia maniera negli occhiali.

Samantha è stata sollevata quando Virginia si è rilassata nel gioco nei primi minuti.

Le immagini ei suoni rilassanti erano stati un'idea di Paul, un'idea che la sua mente artistica aveva fornito, un'idea che Samantha sapeva che non avrebbe mai avuto da sola.

Era troppo semplice per la sua mente complessa, ma doveva ammettere che era elegante.

Quindici minuti dopo, Virginia lasciò la stanza di Samantha sentendosi calma e concentrata, e trascorse novanta minuti lavorando senza sosta sul suo tema mentre Samantha giocherellava con il suo codice.

* * *

Virginia tornò un po 'più tardi, riferendo che il senso di concentrazione era sparito e sembrava un po' speranzosa, persino pietosa.

Samantha la fece sedere e le diede un programma adattato, con una bassa dose di lavaggio del cervello.

Virginia se ne andò sentendosi mentalmente preparata come la prima volta, ma questa volta tornò dopo un'ora.

"Non ha funzionato?" Ha chiesto Samantha.

"Sì! Molto bene all'inizio, ma poi è svanito più velocemente di prima. Ti è mai successo?"

"Sì, è normale, temo."

"Cazzo. Cosa faccio adesso?"

"Beh ..." disse Samantha, poi scosse la testa.

" Che cosa? "

"Hmmmmm ..."

" Per favore? "

"Potremmo provare il livello 2."

" Qual è la differenza? "

"È più potente e durerà più a lungo, ma quando se ne andrà ti sentirai più stanco e confuso per un po '. Penso che dovremmo provare di nuovo il livello 1. È meno rischioso".

"Non scomparirà più velocemente questa volta?"

"Potrebbe, non lo so. Ma probabilmente lo farà. Sì, se voglio continuare ad essere onesto con te."

"Bene, quanto durerà il livello 2?"

"Di solito penso a sei o sette ore per me, quindi probabilmente è lo stesso per te."

"Con un approccio del genere, potrei finire l'intera prova!"

"Sei assolutamente sicuro? Allora ti schianterai violentemente, non sarai nemmeno in grado di rimanere sveglio. Dovrò guardarti, se va bene."

"Sì, va bene, non ti dispiace?"

"Certo che non mi interessa!"

"Allora proviamolo."

"Molto bene! Livello 2, ci siamo. Tuttavia, devi rifare il livello 1. Funziona per fasi."

"Certo. Facciamolo!"

"Così entusiasta! Mettiti questo."

Virginia indossò gli occhiali per realtà virtuale e prese i controller che le avrebbero permesso di risolvere i puzzle.

Samantha ha finto di avere un'idea brillante e ha chiesto a Virginia una bottiglia di bevanda energetica per aiutarla a rimanere impegnata nel programma, poi le ha restituito gli assegni.

Come con Paul, pochi minuti dopo il corpo di Virginia si fermò e il suo respiro rallentò quando il cocktail ipnotico prese il sopravvento.

Samantha chiuse le tende nella stanza e controllò il tracker sul telefono di Diana e gli altri che avevano controllato le loro cose.

Tutti nello stesso posto, a centinaia di miglia di distanza, proprio dove dovrebbero essere.

Perfetto.

CAPITOLO 13

Virginia ha attraversato lo spettacolo, completato il livello uno ed è arrivata al livello due, dove un avatar più sexy di Samantha ha iniziato a guidarla attraverso gli enigmi, mentre i glitch e le droghe hanno aperto la mente di Virginia a profondi suggerimenti e riprogrammazioni. .

Virginia era già abbastanza indifesa, ma Samantha era pronta con la sua pistola stordente e rohypnol nel caso in cui le cose non funzionassero.

Lo spettacolo che Samantha aveva adattato manteneva molti degli elementi centrati sulla mente che Virginia avrebbe voluto, per rendere la ragazza meno sospettosa, ma alla fine li lasciò cadere e si trasformò in una pura routine di lavaggio del cervello.

Per sicurezza, Samantha ha lasciato che Virginia eseguisse il secondo livello per un intero straordinario prima di iniziare con il livello tre.

Virginia si dimenò e si mosse nel letto all'inizio del terzo livello, ma speciali problemi audiovisivi eliminarono l'ultima resistenza di Virginia.

Samantha era agitata e irrequieta mentre sedeva alla sua scrivania a guardare Virginia diventare schiava.

Ha mandato un messaggio a Paul per chiudere lo studio e tornare a casa, e poi, dopo aver controllato la posizione di Diana, Samantha si è tolta le mutandine e ha iniziato a masturbarsi lentamente.

Ora aveva tutto il giorno per venire quanto voleva.

***

Nel reality show, una Virginia inerme ha seguito un avatar nudo di Samantha attraverso il paesaggio degli enigmi.

Ad ogni incontro che Virginia incontrava, una nuova parte del suo schiavo poteva apparire nella sua personalità.

All'inizio dolcemente, poi quasi come un urlo, Virginia iniziò a recitare il giuramento di schiavitù a Samantha, le stesse parole che Paul aveva detto tre mesi prima.

Samantha si rallegrò.

Finalmente stava ottenendo ciò che meritava come essere superiore.

***

Samantha osservava i segni fisici mentre la dopamina inondava il cervello di Virginia con ogni nuovo puzzle risolto, con ogni nuovo aspetto della sua schiavitù che le veniva rivelato.

Lasciò che Virginia rimanesse nello show per molto tempo e, dopo aver imparato la lezione da Paul, Samantha pose a Virginia una serie di domande progettate per valutare se c'era qualcosa che potesse renderla resistente a diventare una schiava, proprio come aveva fatto lui. paura della nudità a Paul.

Alla fine della serie di domande Samantha fu molto contenta di non trovare nulla che potesse bloccare Virginia.

Il suo nuovo schiavo.

CAPITOLO 14

Samantha salì sul letto e sussurrò all'orecchio di Virginia:

"Finché mi servi fedelmente e bene, il tuo cuore sarà felice e la tua mente sarà completa. Ora sei mia proprietà. Io sono il proprietario del tuo corpo, della tua mente, della tua anima e di tutto ciò che hai. Sono il proprietario di tutto ciò che sei e di tutto. quello che sarai. Rilassati nel mio servizio. Rilassati nella mia proprietà. Rilassati nella tua vera natura, come mio schiavo. Rilassati, rilassati, rilassati, per me. Rilassati. Ora sei il mio schiavo. Il tuo unico scopo nella vita è servirmi. "

"Sono la tua schiava", disse Virginia.

"Brava ragazza. Togliti gli occhiali VR, alzati e spogliati per me."

"Sì signora," disse Virginia.

Barcollò un po ', ancora instabile per la droga, ma si tolse i vestiti come ordinato e prese una delle posizioni espositive a cui lo spettacolo gli aveva presentato.

Samantha diede a Virginia alcuni ordini più dettagliati su come avrebbe agito come una schiava solo quando non c'era nessuno in giro eccetto Samantha e Paul per il momento, e su come avrebbe gradualmente lasciato gli altri suoi amici nella sua vita.

Virginia annuì e sorrise.

"Aspetta qui, schiavo," disse Samantha.

Andò in bagno e tornò con l'asciugamano di Virginia.

Poi fece sdraiare Virginia supina sul letto grande e allargò le gambe.

Samantha aprì un cassetto e tirò fuori un kit per la ceretta, e si divertì ad applicare la cera sui fini peli pubici castani di Virginia, che non sarebbero mai ricresciuti.

Samantha diede a Virginia un pezzo di legno da masticare, poi fece urlare la ragazza strappandosi i capelli con pochi rapidi colpi.

Il nuovo proprietario di Virginia accarezzò la fica morbida del suo schiavo e sorrise.

La sua nuova proprietà era perfetta.

"Stenditi sul letto e unisci le braccia sopra la testa", disse Samantha.

"Sì signora!" Lei rispose.

Samantha legò Virginia al letto e poi imbavagliò la schiava nel caso avesse ancora un po 'di slancio dalla mente libera di cui Samantha aveva preso il controllo.

Samantha l'ha lasciata lì, tornando al suo computer dove ha controllato i tracker per scoprire che Paul era tornato, mentre Diana era ancora molto, molto lontana.

Questo ha risolto tutto.

Samantha saltò sul letto, poi si lasciò cadere sul viso di Virginia e le ordinò di iniziare a leccarla.

La ragazza sapeva cosa stava facendo e Samantha presto fluttuò felice.

Il suo piano era pieno per due terzi e ora possedeva un gattino folletto perfetto per accompagnare il suo marito disponibile e capace, Paul.

La lingua abile di Virginia ha giocato abilmente con il clitoride di Samantha, e Samantha sussultò e gemette per tenere a bada l'orgasmo il più a lungo possibile.

La colpì duramente e le riempì la mente di luce e calore effervescenti, e le fece formicolare la pelle su tutto il corpo.

* * *

Brava ragazza, "disse Samantha, saltando fuori dal viso di Virginia," ora alza le gambe in aria e allargale. "

Lo schiavo imbavagliato provò a dire "Sì, padrona" ma non ci riuscì, e Samantha rise.

Questa ragazza era molto carina.

Samantha ha contattato Virginia per mostrare al suo nuovo schiavo che avrebbe avuto tanto piacere quanto gli dava se avesse obbedito.

A Virginia ci vollero alcuni secondi per boccheggiare per il suo climax, che continuò per tre potenti minuti finché non fu completamente esausta.

Samantha pensava che fosse un peccato aver avuto un orgasmo così velocemente.

Voleva passare più tempo ad esplorare il corpo del suo nuovo schiavo.

Tuttavia, ha avuto tutta la sua vita insieme per farlo.

CAPITOLO 15

Samantha ha chiesto a Virginia qualche altra cosa per verificare che il lavaggio del cervello fosse completo.

Ha quindi ordinato allo schiavo legato di addormentarsi, usando una parola di attivazione impiantata dal programma di realtà virtuale.

Dopotutto, aveva bisogno di andare avanti con quelle prove, e un pisolino potente era ciò di cui aveva bisogno per ripristinare un po 'il suo corpo.

***

Paul arrivò mentre Virginia si stava risvegliando e Samantha fece sì che il ragazzo si unisse a loro nella stanza.

"Paul, ora ti comporterai come uno schiavo davanti a Virginia o davanti a me, o entrambi quando saremo entrambi presenti, purché non ci sia nessun altro in giro da vedere."

"Sì signora!" disse avidamente.

"Spogliati."

"Sì signora!"

"Paul, Virginia è superiore a te. Quando i suoi ordini non sono in conflitto con i miei, li seguirai. I miei ordini hanno sempre la precedenza. E devi eseguirli."

"Sì signora!"

Samantha sorrise mentre Virginia osservava attentamente Paul dal letto.

Il ragazzo era nudo veloce come un fulmine, e stava con orgoglio in una posizione di esposizione mentre Virginia lo guardava e lui fece lo stesso con lei.

Samantha rise e si agitò.

Si avvicinò a Virginia, le accarezzò i capelli e la lasciò andare.

"Vuoi scopare lo schiavo Paul, Virginia?"

"Sì, per favore, padrona!"

"Be', non puoi ancora. Paul, Virginia ha una prova difficile da finire oggi e domani. La motiverai, in qualche modo. Vieni qui e lascia che ti metta nella tua gabbia di castità. E non fare il broncio, schiavo."

"Mi dispiace, padrona."

"Ecco, va bene. Virginia, ora ti sbottonerò. Poi userai il bagno e pulirai, dopodiché andrai direttamente nella tua stanza dove ti siederai alla scrivania e scriverai il tuo saggio. Ti concentrerai sul saggio ad esclusione di tutti altre cose, tranne andare in bagno e mangiare e bere quando necessario.

"Ti restano quattromila parole da scrivere. Per ogni mille parole che raggiungi, delle quali sei sinceramente soddisfatto, ti darò un numero del lucchetto a combinazione che contiene la gabbia di castità di Paolo. Quando il saggio sarà finito, te lo dirò l'ordine in cui questi numeri sono inseriti. Ti sarà quindi consentito l'uso gratuito del corpo di Paul per due ore come ricompensa. Diana tornerà domani sera intorno alle sette, quindi se vuoi la tua ricompensa, con una finestra di sicurezza, dovrai finire domani pomeriggio alle quattro. Capito?"

"Sì signora!"

"Brava ragazza. Marito di casa, chiedi a Virginia e io un gustoso panino e portiamoli di sopra."

"Sì signora!"

CAPITOLO 16

Una volta che Virginia fu al piano di sopra nella sua stanza, scrivendo rapidamente, con Samantha che la supervisionava dal letto, la proprietaria della schiava ebbe il tempo di riflettere sui suoi piani.

Quando Paul entrò, gli fece adorare la sua figa e il suo culo per un po ', il che la mise nel suo umore più dominante.

Diana era la sua prossima sfida.

La ragazza era un bis, e decisamente un cambiamento da semplici sottomessi come Virginia e Paul.

* * *

Era sicura che Diana fosse entusiasta della Virginia, quindi il piano era di togliere di mezzo Paul ogni fine settimana successivo.

Avrebbe affermato di aver accettato un lavoro in un magazzino da qualche parte a pochi chilometri di distanza, facendo turni di dodici ore.

Ciò ha lasciato Samantha libera di inventarsi delle scuse: persone da vedere, luoghi da visitare, ricerche da fare, il che avrebbe lasciato Diana e Virginia sole insieme.

A Virginia sarebbe stato ordinato di sedurre Diana, chiedendole di dominare rapidamente Diana e poi cercando un modo per convincere Diana a provare il programma di realtà virtuale.

Samantha pensava che potesse essere sufficiente per convincere Virginia a pregarla di piacere, ma le motivazioni di Diana erano spesso opache a Samantha.

Non c'erano garanzie.

* * *

Virginia, nel frattempo, stava sfogliando il suo saggio.

"

Aveva due numeri sulla serratura a combinazione che la tenevano lontana dal cazzo di Paul, e ci sono volute solo tre ore per farlo.

Samantha ha esaminato il suo lavoro e ha messo la ragazza nuda sulle ginocchia per ricordarle l'importanza di una buona ortografia e grammatica in un saggio formale.

Con i lividi in fiore sul sedere, si rimise a lavorare.

Samantha prese mentalmente nota di ricordare con quanta facilità il culo della ragazza pallida veniva segnato.

Non sarebbe stata in grado di sedurre Diana fino a quando quei lividi non fossero svaniti.

* * *

Virginia non finì le prove quel giorno e, dopo che tutti ebbero mangiato il pasto che Paul aveva preparato per loro, Samantha mise Virginia a letto in posizione di schiavitù e indossò le cuffie per darle la versione dormiente del suo programma di lavanderia. cervello, solo per riempirla quando si è alzata.

* * *

La mattina dopo le diede un'altra ricarica degli occhiali per realtà virtuale.

L'obbediente Virginia ha terminato le prove con ore libere e ha ottenuto l'accesso al cazzo di Paul una volta che Samantha ha verificato il suo lavoro.

CAPITOLO 17

Samantha li ha fatti incontrare nella stanza di Virginia.

Ha costretto Virginia a incatenare Paul al suo letto, e poi il nuovo schiavo ha giocato con il ragazzo fino a quando non l'ha fatta sborrare su tutto il viso.

Virginia non perse tempo ad avvolgere un preservativo sul suo cazzo e, mentre si chinava per scopare lo schiavo, si ricordava di aver ringraziato la sua padrona per il privilegio.

Lei, come aveva intuito Samantha, si comportava molto bene, sembrava un'esperta, e con quel corpo atletico ha dato a Samantha un bel spettacolo mentre scopa Paul a secco.

Dopo essere venuta, è tornata a scoparlo una seconda volta con grande gioia visiva di Samantha.

TERZA PARTE

CAPITOLO 18

Erano passati tre mesi dal giorno in cui Samantha aveva ridotto in schiavitù Virginia, ed erano passate sei settimane da quando Virginia era riuscita a sedurre la bella e sinuosa Diana mentre gli altri compagni erano via.

Samantha aveva esaminato i video e le registrazioni che le sue telecamere segrete avevano fatto di Virginia e Diana, e aveva informato Virginia su come costruire un profilo psicologico dell'ultimo bersaglio rimasto.

Samantha voleva usare il lato dominante di Diana per aiutare a controllare i suoi altri due schiavi e qualsiasi futura acquisizione che avesse fatto.

Diana sarebbe stata un ottimo soggetto di prova per scoprire quanta iniziativa poteva lasciare ai suoi schiavi facendoli dedicare irrimediabilmente a lei.

Certo, potrebbe fare un potente lavaggio del cervello a Diana, trasformandola brutalmente in una sottomessa completa e molto felice.

Sembrava un'opportunità sprecata non provare almeno a trasformarla in una compagna e una schiava.

* * *

Il lato dominante di Diana era molto premuroso, non duro come quello di Samantha, perché nell'unica occasione in cui Virginia aveva dominato Diana, sembrava che anche la sua subpersonale godesse di uno stile di dominio appassionato.

Samantha aveva fatto gli straordinari mettendo insieme un programma di lavaggio del cervello VR che avrebbe mostrato a Diana che era la schiava di Samantha, ma che in quella schiavitù avrebbe avuto l'opportunità di dominare e nutrire altri schiavi.

A tal fine, Samantha aveva realizzato immagini 3D di Virginia e Paul con felicemente tutti i tipi di forme maliziose, e ha lavorato allo spettacolo, per sedersi accanto ai segmenti in cui Samantha sarebbe stata descritta come un'amante per tutti loro.

Era un programma complicato e Samantha voleva testare il livello 1 per vedere quale effetto avrebbe potuto avere su Diana.

Diana non sarebbe stata la più saggia, poiché le parti sessuali dello spettacolo erano lampi subliminali che non avrebbe mai visto consapevolmente, e il resto erano sciocchezze sull'aumentare la fiducia.

Samantha aveva reso Virginia sempre più sicura nel corso delle sei settimane, e Virginia finalmente notò il cambiamento e le chiese al riguardo.

* * *

Da un camioncino a mezzo miglio di distanza, Samantha ha guardato le telecamere segrete della casa per vedere Virginia parlare con Diana per testare il programma.

"Buongiorno, amore," disse Virginia, entrando nella stanza di Diana in un perizoma nero.

"Buongiorno, Virginia," disse Diana.

Virginia si avvicinò al letto e tirò indietro le coperte, rivelando il corpo nudo di Diana.

Virginia tenne le braccia di Diana e le si mise a cavalcioni.

Poi si baciarono appassionatamente mentre Diana si contorceva contro la presa di Virginia.

Virginia non si è arresa.

Con un sorriso sul suo volto, ha usato le manette che Diana teneva attaccate alla sua testiera per bloccare la sua ragazza a letto.

Ha quindi proceduto a riscaldare la bionda esplosiva giocando con la sua lingua.

Virginia saltò giù dal letto e si tolse le mutandine, poi infilò una mano nel cassetto del comodino di Diana e tirò fuori il dildo che teneva lì.

Samantha guardò dal camion mentre Virginia faceva una scopata dura ma sexy a Diana, con tanti baci appassionati e parole di elogio per la bellissima "schiava" Diana.

Virginia si assicurò che entrambi avessero un orgasmo in qualche modo casuale, poi tirò fuori Diana dalle manette e si infilò nel letto per rannicchiarsi accanto a lei.

"Sei sempre stato così bravo a domare?" Ha chiesto Diana.

"No! Adesso ho un'arma segreta!" Virginia ha detto

"Intrigante. Vuoi dire il dildo?"

"No, niente di così ovvio. Immagino di nuovo."

"Quei pantaloni sexy che indossavi prima?"

"Non quello! Bah. Quindi non sei affatto sulla linea giusta."

"Hai letto un libro?"

"Ehm, no, non proprio. Penso che stai diventando un po 'caldo."

"Hai guardato video didattici?"

"Ooh, più vicino, molto più vicino. Ma non quello."

"Podcast?"

"Più freddo".

"Mi arrendo!"

"Sto giocando a un gioco di rafforzamento della fiducia che Samantha ha creato per me, con quegli occhiali VR con cui lei e Paul giocano sempre".

"Boringoooo," disse Diana.

"Lo pensavo anch'io, ma è davvero divertente. Vuoi fare un tentativo?"

"Non vuoi essere serio?"

"Non può far male provare. Per me eeeeeeee? Per favoreorrrr?"

"Uhmm ..."

"Basta con, per favore, con lo zucchero in cima?"

"Non lo so."

"Indosserò la mia vecchia uniforme scolastica, se lo fai, come preferisci."

Diana tossì, ci pensò su, poi scrollò le spalle.

"Sì, okay, l'hai fatto. Giocherò al tuo stupido gioco per quindici minuti, se indossi l'uniforme scolastica e la biancheria intima da scolaretta tutto il giorno fino al ritorno di Samantha."

"Trenta minuti?"

"Ti farò pagare una multa."

"Affare, amante. Adesso torno ..."

CAPITOLO 19

Virginia tornò pochi minuti dopo con i suoi occhiali per realtà virtuale e la sua vecchia uniforme scolastica, che Samantha aveva visto solo sulle telecamere di casa.

Avrebbe potuto rimediare una volta che avessero ridotto in schiavitù Diana.

Samantha dovette ridurre il respiro mentre guardava Diana prendere gli occhiali e indossarli.

Poteva monitorare a distanza lo spettacolo da uno dei laptop nel furgone, e pensava persino che Diana sembrasse molto interessata.

Ha risolto i puzzle in tempi rapidissimi, ma fedele ai suoi ordini, Virginia le ha fatto ripetere lo spettacolo più e più volte per trenta minuti interi.

Era una routine standard per aumentare la fiducia, un sacco di rinforzo positivo e alcuni lampi subliminali che associavano la positività alle immagini di Samantha che dominava i suoi tre coinquilini renderizzati in 3D.

Allo stesso tempo, lo spettacolo ha attivato alcune delle tendenze dominanti di Diana.

Samantha osservava e osservava.

Aveva un ottimo programma per scatenare tendenze sottomesse, ma oggi avrebbe dimostrato di poter costruire uno che rendesse qualcuno dominante e suggestionabile allo stesso tempo.

La prova di maestria sarebbe arrivata prima.

Con gli occhiali già tolti, Diana si alzò e guardò Virginia sorridente, seduta accanto alla scrivania dove un computer stava eseguendo il programma di realtà virtuale.

Nel furgone vicino, Samantha ha afferrato gli angoli del suo laptop mentre guardava e aspettava.

***

Diana si avvicinò a Virginia, la alzò in piedi, poi prese le mani di Virginia dietro la schiena e la baciò.

Diana sembrava non riuscire a controllarsi, e presto le sue mani furono sul corpo di Virginia, trascinandola da una parte all'altra, per la stanza.

La bionda ha spinto Virginia in ginocchio, poi l'ha presa per i capelli e le ha fatto leccare la fica finché il suo amante non l'ha fatta venire.

"Brava ragazza Virginia," disse Diana.

"Grazie, signora," disse Virginia.

"Ho creato delle nuove regole per te, mentre eri in ginocchio a servirmi. Vuoi ascoltarle?"

"Umm sì amante?"

"Brava ragazza. Sei una cosa molto bella. Guardami mentre te lo dico. Regola 1 - fintanto che siamo solo noi in casa, ti è vietato indossare le mutandine. Regola 2 - Te lo dico in anticipo quando voglio sottomettermi, altrimenti basta Presumi che io stia dominando e trattami come tale. Regola 3, quando entrerai nella mia stanza, mi bacerai i piedi per salutarmi, poi ti inginocchierai sul pavimento con le gambe divaricate finché non ti dirò cosa fare.

"Sì signora!"

"Brava ragazza. Ora alzati a letto così posso scoparti come la scolaretta arrapata che sei nel profondo."

"Sì signora."

***

Samantha ha dovuto dire che lo spettacolo sembrava certamente aver aumentato le tendenze dominanti di Diana.

Guardò sui monitor mentre la ragazza bionda dominava Virginia con un'intensità che non aveva mai visto, e continuò a guardare mentre Diana portava Virginia oltre qualsiasi cosa avessero fatto insieme prima.

Era come se stesse ancora guardando la stessa persona, ma concentrata e purificata in un modo che era più unico, senza così tanto rumore mentale da distrarla.

CAPITOLO 20

Samantha li lasciò continuare per un paio d'ore, finché non li vide fare una pausa.

Ha colto l'occasione per mandare un messaggio a entrambi dicendo che sarebbe tornato a casa presto.

Ha aspettato di essere sicura che avessero visto il messaggio, poi ha dato loro dieci minuti per diventare decenti in fretta, prima di parcheggiare il camion per alcune strade e tornare a casa.

Le tremavano le mani quando aprì la porta e fu vista da Virginia che stava guardando la televisione in soggiorno.

Diana era al piano di sopra nella sua stanza.

Seduta sul divano, Samantha ha provato il primo dei suoi trucchi per vedere se Diana poteva essere più incline a seguire le sue istruzioni.

Gli ha mandato un messaggio di uscire con loro in soggiorno, solo un semplice messaggio, un'istruzione che potrebbe essere presa come un suggerimento amichevole.

Diana corse di sotto e abbracciò Samantha e si unì a loro per una seduta davanti alla televisione.

Fin qui tutto bene.

****

Samantha ha testato la situazione.

Ha disseminato la loro conversazione con istruzioni e suggerimenti, convincendo Diana a cambiare canale, volume, fare da bere, mangiare, passare a un posto diverso e persino andare al negozio per più latte quando finivano.

Anche Samantha fece abbastanza di quelle cose per placare i suoi possibili sospetti, ma nella sua mente l'esperimento era stato un vero successo.

Per evitare che Diana avesse il tempo di riflettere sul suo comportamento, Samantha ha escogitato una scusa per cui doveva uscire di nuovo per alcune ore e ha ordinato a Virginia di fare una petizione a Diana tutte le volte che poteva.

CAPITOLO 21

Passarono altre quattro settimane prima che Virginia riuscisse a convincere Diana a provare il livello 2 del programma.

Quando si è messa gli occhiali, ha bevuto la bevanda energetica stimolante, ha afferrato i conducenti e ha completato il livello 1, Samantha ha guidato il furgone il più vicino possibile a casa e ha camminato a piedi, quasi correndo per l'eccitazione.

Entrò in casa e salì le scale.

Poi aspettò che Virginia gli avesse dato il via libera, il che significava che aveva incatenato al letto l'indifesa Diana.

Samantha entrò nella stanza buia, dove l'obbediente Virginia aveva tirato le tende in precedenza, e guardò la ragazza bionda a gambe aperte sul letto, i suoi occhiali VR e un controller ancora in ciascuna mano, con abbastanza spazio per muoversi anche con le catene che la tenevano al letto.

Samantha ha mandato Virginia a prendere del cibo, poi ha fatto spogliare la ragazza e inginocchiarsi in un angolo nel caso ne avesse bisogno.

Convocò anche Paul a casa sua, e lui si unì a loro nella piccola stanza per guardare l'ultimo abitante della loro casa diventare.

* * *

Samantha ha aspettato in silenzio teso fino a quando ha pensato che Diana fosse pronta per passare al livello 3.

Era stata sottoposta a un programma di livello 2 molto più a lungo di tutti gli altri.

Era stato necessario dargli la piena opportunità di risolvere enigmi con una versione sexy e sottomessa di Virginia.

Poi un'altra prova con un avatar dominante di Samantha vestita di pelle.

Samantha non era del tutto contenta di come Diana avesse risposto al manuale di livello 2 con il suo avatar.

Ci fu più esitazione di quanto sarebbe stato conveniente, e si cercò di calmarsi per cercare di pensare a come risolverlo.

Portare Diana di nuovo al livello 2 significava che avrebbe dovuto ricaricarla con altri farmaci ipnotici che avrebbero aperto la sua mente al lavaggio del cervello.

Tuttavia, una quantità eccessiva di questi farmaci sarebbe molto pericolosa.

E metterlo direttamente al livello 3 ha rischiato il rifiuto parziale o totale.

Avrebbe potuto dargli molto rohypnol e fargli dimenticare, si spera, quello che era successo, ma era pericoloso.

Oppure poteva usare la forza bruta e continuare a sottoporla a un lavaggio del cervello sempre maggiore fino a quando non si fosse rotta.

Samantha si sforzò di decidere e guardò Virginia nell'angolo della stanza.

Perché Diana non poteva essere una conversione facile come lo era stata la bella Virginia?

Con sua sorpresa, la ninfa nuda alzò la mano per chiedere il permesso di parlare.

"Vai avanti, schiavo," disse Samantha.

"Padrona, penso di poterla aiutare a rilassarla e ad aprire la sua mente."

"Come?"

"Se le parlo, la adoro e cerco di convincerla che può ancora avere me se tu hai lei, potrebbe aiutare."

"Vuoi dire, parlarle nella vita reale?"

"Sì signora."

"Non nello show?"

"Sì signora."

"Quindi assimilerai parole e sensazioni nel tuo stato suggestivo, ma con un vettore di attacco diverso. Proviamolo per mezz'ora al livello 2, e poi al livello 3 per mezz'ora. Se non ottieni risultati, allora è il momento di rohypnol e tu puoi convincerla che era tutto un sogno febbrile. Paul, porta le forbici e aiutami a tagliarle i vestiti, e Virginia, preparati per iniziare ".

"Sì signora!" Dissero all'unisono.

* * *

Virginia nuda si sdraiò tra le gambe di Diana e iniziò ad accarezzarle la figa.

Ha parlato con sicurezza, in un meraviglioso tono amorevole, di come la sua nuova proprietaria, Samantha, li avrebbe lasciati stare insieme, avrebbe lasciato che Diana dominasse la Virginia per tutto ciò che valeva e non avrebbe chiesto in cambio nient'altro che un'obbedienza appassionata e amorevole.

Samantha non poteva vedere come un approccio così poco scientifico avrebbe fatto pendere la bilancia, ma era disposta a provare.

Non ci furono cambiamenti all'inizio, ma Samantha continuò a far andare Virginia, cercando nuovi modi per spiegare i meriti della schiavitù con una casa con due sottomessi puri.

Finché dopo dieci minuti, Samantha ha notato che il polso di Diana rallentava e il suo respiro accelerato e sembrava meno irrequieta e più ansiosa.

Fece un cenno di incoraggiamento a Virginia, che convinse Diana a iniziare lentamente ad accettare il lavaggio del cervello.

Se il risultato positivo potesse essere raggiunto perché Virginia era davvero avvincente per il suo amante, o se l'ultima delle difese di Diana era stata finalmente superata, Samantha non poteva esserne sicura.

Samantha ci pensò per qualche secondo, poi si mise a correre.

Adesso era il momento giusto.

Ha infilato Diana direttamente nel livello 3 e ha guardato il suo corpo tremare mentre gli occhiali della realtà virtuale si collegavano al suo cervello e l'aprivano al lavaggio del cervello.

Il livello 3 per Diana era un mix di enigmi che terminava con scene in cui Diana si sottomette a Samantha, o dominava Paul o Virginia, ognuna con enormi colpi indotti dalla dopamina, ma più intensi di quando Samantha ha provato il programma di dominanza su se stessa. .

Samantha fece eseguire a Diana il lungo programma di livello 3, poi le diede più della bevanda energetica con l'aggiunta di ipnotici.

Aveva monitorato i progressi di Diana ed era stata incoraggiata da ciò che aveva visto.

Aveva quasi gli schiavi che si meritava e l'idea la stava facendo bagnare incredibilmente.

Con l'aiuto delle parole e della lingua di Virginia, Diana si era rilassata durante il processo e stava andando avanti, ma Samantha voleva esserne sicura.

Assolutamente sicuro.

Riportò immediatamente Diana al livello 3, rischiando di spingere la ragazza troppo in uno stato ipnotico.

Vale la pena esserne sicuro, e Diana aveva una mente forte.

Si sarebbe ripresa.

CAPITOLO 22

Quando la seconda fase del livello 3 è finalmente terminata, Samantha ha posto a Diana tutti i tipi di domande sul suo nuovo stato e su tutto ciò che poteva ostacolare la sua totale schiavitù.

Ha esaurito ogni via di indagine a cui lei ei suoi schiavi potevano pensare, alla fine liberando Diana dal letto, ma la tenne in catene legandole mani e piedi con solo un piccolo spazio per muoversi.

Samantha guardò con occhio critico Virginia e Paul mentre pulivano Diana, e quando Diana guardò direttamente negli occhi di Samantha e la ringraziò sinceramente e appassionatamente per l'uso degli altri due schiavi di Samantha, il suo cuore perse un battito.

Samantha ha fatto la ceretta alla figa di Diana, poi ha portato la bionda incatenata nella sua stanza e ha fatto l'amore con lei con un dildo finché la sua nuova figa morbida è stata ben scopata.

Samantha incatenò Diana e Virginia al letto insieme e diede a Paul uno stimolante per tenerlo sveglio, così da poterle tenere d'occhio mentre lei dormiva.

***

Al mattino, ha chiesto a Paul di tenerla d'occhio mentre liberava Diana e le lasciava dominare Virginia, il che è andato favolosamente bene.

Poi un altro ciclo di lavaggio del cervello e altri test, e Samantha ne fu convinta.

Diana era sua.

EPILOGO

Sei mesi dopo ...

Samantha suonò il campanello che era sulla sua scrivania e, pochi secondi dopo, Paul si precipitò dentro e si fermò appena oltre la sua porta con le mani dietro la schiena.

Il tempo era diventato più freddo in questo periodo dell'anno, e sebbene Samantha potesse permettersi tutto il caldo che voleva, aveva deciso di vestire parzialmente la sua schiava.

Indossava una camicia e una giacca da maggiordomo nella metà superiore del corpo e leggings elasticizzati trasparenti nella metà inferiore che mostravano la sua pelle liscia e il cazzo schiavo.

Si era rimosso tutti i peli pubici quando la sua paura dell'esposizione era passata e spesso gli ordinava di usare le docce pubbliche dopo i suoi colpi nella piscina della palestra per assicurarsi che tutti gli altri uomini potessero vedere il suo cazzo e le sue palle senza peli. .

Le disse che lo faceva arrossire ogni volta.

"Marito di casa, sii un essere amorevole e portami una tazza di tè. Guarda se anche la signora Diana e la signora Virginia vogliono qualcosa."

Ascoltava mentre Paul, che considerava sempre più il marito di casa, chiedeva rispettosamente ai suoi superiori se poteva procurargli qualcosa.

Samantha poteva vederli sui loro monitor, lavorare sodo e studiare il più possibile, proprio come aveva comandato.

Diana indossava un corsetto nero, calze, bretelle e biancheria intima abbinate, mentre Virginia indossava un vestito trasparente e nient'altro.

Samantha e Diana avevano deciso di non lasciarla mai indossare le mutandine dentro o fuori casa, mai più.

Virginia aveva messo il broncio, ma presto erano passati.

Quando il marito tornò con il tè di Samantha, si prese una piccola pausa per berlo con lui sotto che lei la mangiava nel suo letto.

E quando arrivò, si rallegrò della pacifica sensazione di assoluta superiorità che provava ogni volta che varcava la porta di casa sua.

Il suo telefono squillò con il tono di un messaggio e si abbassò dal viso del suo schiavo, mentre il suo cuore batteva all'impazzata chiedendosi se fosse il messaggio che stava aspettando.

Egli ha detto:

'Posso andare oggi, S? Potrei finalmente provare quel gioco di cui continui a incuriosirmi. R'.

Samantha radunò i suoi schiavi e li fece cambiare in normali vestiti umani.

Era stata un po 'gelosa di quanto fossero vicine Virginia e Diana, ma non avrebbe mai spezzato un amore come il loro, quindi era andata a cercarne uno tutto suo.

Un'altra ragazza senza famiglia, una pura sottomessa che beveva da ogni parola di Samantha, era debitamente entrata nella sua vita dopo una lunga ricerca.

Sembrava che oggi sarebbe stato il giorno in cui Samantha avrebbe finalmente completato la sua casa.

FINE

83